Una botella en el mar de Gaza

de Valérie Zenatti

GUÍA DE LECTURA

Escrita por Lucile Lhoste
Traducida por Juan Lopez

Una botella en el mar de Gaza

de Valérie Zenatti

VALÉRIE ZENATTI

ESCRITOR, TRADUCTOR Y GUIONISTA FRANCÉS

- **Nacida en 1970 en Niza**
- **Algunas de sus obras:**
  - *When I was a soldier* (2002), autobiografía
  - *Tarde para la guerra* (2006), novela
  - *Jacob, Jacob* (2014), novela

Valérie Zenatti nació en Niza el 1 de abril de 1970. A los 13 años emigró con su familia a Israel, donde hizo el servicio militar entre 1988 y 1990. Después regresó a Francia, donde estudió historia y hebreo.

Como traductora del escritor israelí Aharon Appelfeld (nacido en 1932), desempeñó diversos trabajos en el periodismo, la radio, la enseñanza antes de dedicarse a escribir novelas y guiones.

Sus textos le han valido varios premios (entre ellos el Prix du Livre Inter por *Jacob, Jacob* en 2015), y dos de sus novelas, *Une bouteille dans la mer de Gaza* y *En retard pour la guerre*, han sido adaptadas al cine.

UNA BOTELLA EN EL MAR DE GAZA

UN HIMNO AL DIÁLOGO INTERCULTURAL

- **Género:** novelas infantiles

- **Edición de referencia:** *Une bouteille dans la mer de Gaza*, París, L'École des loisirs, coll. « Médium », 2005

- **1ª edición:** 2005

- **Temas:** conflicto israelo-palestino, guerra, amistad, diálogo

Tras un atentado terrorista cerca de su casa, Tal, de 17 años, tiene una idea descabellada: escribir una carta de amistad y esperanza, sellarla en una botella y pedir a su hermano Eytan que se la lleve a Gaza y la eche al mar. La colegiala espera que la botella sea encontrada por una adolescente de su edad con la que pueda mantener correspondencia.

Inesperadamente, es un hombre joven quien le responde, y no parece muy amistoso...

Traducida a más de quince idiomas y galardonada con varios premios, *Una botella en el mar de Gaza* también fue adaptada al cine por Thierry Binisti (director francés nacido en 1964) en 2012.

RESUMEN

FORZAR EL DIÁLOGO

Tal, una joven adolescente israelí, vive con sus padres y su hermano en Jerusalén, donde la guerra se ha convertido en parte de su vida cotidiana. Desde hace tres años, con el comienzo de la segunda Intifada (revuelta nacionalista de los palestinos), se suceden los atentados.

Uno de los atentados ocurrió en una cafetería cercana a su casa, lo cual la conmocionó profundamente. Aunque ee encanta su ciudad, su vida cotidiana y pasar tiempo con sus amigos, no soporta tanta inestabilidad y conflicto entre israelíes y palestinos.

👁 ¿LO SABÍAS?

La primera Intifada tuvo lugar entre 1987 y 1993 en Cisjordania y Gaza, territorios palestinos ocupados por Israel. Exasperados por las humillaciones que sufrían a diario e indignados por la poca repercusión que había tenido la muerte de cuatro palestinos en un accidente provocado por un camión israelí, los palestinos, en su mayoría jóvenes, iniciaron una campaña de desobediencia civil acompañada de actos de violencia (lanzamiento de piedras, ataques con cócteles molotov, etc.). Esta campaña terminó con los Acuerdos de Oslo de

1993, que establecieron un plan de autonomía progresiva para los territorios ocupados. Sin embargo, estos acuerdos terminaron siendo un fracaso.

Aunque suele escribir sus recuerdos y emociones para sí misma, un día tiene una epifanía: necesita ponerse en contacto con alguien al otro lado de la frontera con Gaza.

Decide escribir una larga carta, que mete en una botella y entrega a su hermano Eytan, que está haciendo el servicio militar en la ciudad palestina. Le pide que tire la botella al mar con la esperanza de que alguien la encuentre y acceda a hablar con ella a través de correspondencia.

Tal había decidido crear un correo electrónico especial para que, llegado el momento, el receptor de su carta le respondiese.

Para su sorpresa un día llegó la contestación, procedía de un hombre que se negaba a seguirle el juego. Sin embargo, la joven israelí consigue forzar el diálogo e inicia una correspondencia continua con el hombre que se hace llamar Gazaman.

Unos meses después, mientras Tal paseaba por Jerusalén para filmando la ciudad para un documental, se produce un atentado delante de ella. Este suceso la trastorna por completo, la vuelve más seria, amargada y la lleva a presionar a su amigo por correspondencia.

Ante las presiones de Tal, el hombre acaba confesándole su nombre de pila, Naïm y le cuenta como es vivir en la Franja de Gaza, en medio del conflicto.

Seis meses después de encontrar la botella, Naim escribe a Tal el que será su último mensaje. Le detalla todo lo que Tal llevaba tanto tiempo queriendo saber de él y le cuenta que le han concedido una beca en Canadá.

Tres años después, Tal y Naïm se reencuentran en Roma

UNA CORRESPONDENCIA SECRETA

Las relaciones entre israelíes y palestinos no están bien vistas, por eso Eytan se escandaliza al principio por la petición de su hermana: ¡Está loca por querer hablar con un palestino en tiempos de guerra!

Además, llevar ese mensaje le pone a él también en peligro. Sin embargo, termina cediendo por amor a su hermana pequeña.

Tal decide crear una nueva dirección de correo electrónico para recibir la correspondencia y durante las dos semanas siguientes consulta obsesivamente el email a la espera de respuesta.

Finalmente recibe la respuesta de un hombre que hace llamar Gazaman. Ante las repelentes respuestas de Gazaman todas las ilusiones de Tal comienzan a desmoronarse.

Por una parte se alegraba de que alguien que supiera hebreo hubiese encontrado su mensaje, pero no estaba recibiendo las respuestas que ella esperaba obtener.

Sin embargo, la realidad es que Naïm (Gazaman) estaba muy interesado en hablar con Tal, hacía todo lo posible por ir al cibercafé a escondidas y poder contestar a sus mensajes. En efecto, era peligroso mantener contactos cordiales con un israelí en Gaza.

Un día, pensando que le habían descubierto y temiendo las consecuencias, decide dejar de ir al cibercafé y comienza a utilizar un ordenador en una sala regentada por amigos para mantener el contacto con la chica.

No obstante, se mantiene la desconfianza durante varios meses, negándose a revelarle a Tal nada concreto sobre su identidad.

Lo que no sabía es que el hermano de Tal estuvo varios días vigilando la zona donde había dejado la botella y vió cuando Naïm recogió la botella. Sin embargo, el hermano de Tal decidió guardar el secreto y no contarle nada a Tal, desde el principio sintió empatía por Naïm

UNA AMISTAD SIN FRONTERAS

Durante mucho tiempo, Naïm guarda silencio sobre su vida y su pasado. Sólo al final de la novela, cuando está a punto de marcharse a Canadá, le revela a Tal que estaba trabajando para conseguir su beca.

El lector también se entera, al final de la novela, de que Tal le recuerda a otra chica con el mismo nombre, a la que conoció en Israel cuando trabajaba allí y de la que estuvo muy enamorado.

Tras el estallido de la segunda Intifada en el año 2000, los jóvenes palestinos como él ya no podían trabajar en Israel. Así que Naim prometió abandonar Gaza para labrarse un futuro mejor en otro lugar.

Durante sus intercambios, Tal recibe una propuesta de su padre: realizar un documental sobre Jerusalén filmando la ciudad tal y narrando su visión de lo que va grabando.

Una mañana mientras filmaba la ciudad, es testigo de la explosión de un autobús con varias personas a bordo. Después de esto quedó tan conmocionada que no contestó a Naïm durante varios días.

La angustia que sufrió por el atentado le termino provocando una ansiedad prolongada que la obligó a acudir en busca de ayuda profesional.

Con el tiempo, su correspondencia con Naïm se convierte en su único refugio. Su padre, al ver la situación que estaba atravesando Tal, decide convertirse en un apoyo para ayudarle a a superar todas esas emociones negativas que la asolaban.

Durante un paseo por la ciudad, Tal decide confesarle a su padre que llevaba un tiempo manteniendo correspondencia con un chico de Gaza, a lo que su padre reacciona de forma muy comprensiva.

Hacia el final de la novela, Tal empieza a preocuparse porque Naïm tarda mucho en responderle los mensajes, luego se enterará que es por Naïm estaba muy enfocado en conseguir una beca de estudios en el extranjero y finalmente lo logra.

Naïm le comenta a Tal todos los detalles de su vida, algo que Tal llevaba mucho tiempo deseando saber, y le cuenta que se ha ganado una beca para irse a estudiar a Canadá.

Finalmente, ambos se prometen reencontrarse tres años después.

ESTUDIO DE CARACTERES

TAL LEVINE

Tal es una estudiante de secundaria de 17 años, nacida el 1 de julio de 1986 en Tel Aviv, a diferencia de todos los miembros de su familia que eran originarios de Jerusalem.

Según Naïm, que la descubre al mismo tiempo que el lector cuando le envía su foto por correo electrónico, tiene un rostro anguloso y abierto, pelo largo y castaño, ojos castaño-verdosos y pecas. Es agraciada, aunque no es especialmente guapa.

 Resulta fácil hablar con ella y tiene un carácter alegre, aunque le preocupa mucho la guerra en la que estaba inmerso su país

Su calidad de vida es bastante elevada a pesar de la inseguridad latente. La joven sabe que es difícil hablar de diálogo con los palestinos, y por eso no habla de su correspondencia con Naim hasta mucho después

Cuando se enteran, sus padres se muestran sorprendentemente tolerantes: en el fondo, tampoco están cerrados a un acuerdo, aunque no puedan expresarlo abiertamente debido a las tensiones entre los dos territorios.

Sus principales relaciones son con Efrat, su mejor amiga, Heri, su novio, y la hermana de éste, con quien también se lleva bien. También está muy unida a su hermano Eytan, enfermero militar de 20 años, con quien suele ir a una cafetería cuando está de permiso. Esta es una de las razones por las que el ataque al principio de la novela en el café en cuestión la afecta tanto: es un lugar que le resulta familiar.

Tal ha vivido importantes acontecimientos de la historia israelí, dos de los cuales le han impactado especialmente: la firma de los Acuerdos de Oslo en 1993 (un paso en el proceso de paz israelo-palestino que puso fin a la primera Intifada) y el asesinato de Isaac Rabin (político israelí, 1922-1995).

Todos los años, ella y su familia acuden al lugar donde fue asesinado para conmemorar esa fatídica fecha.

👁 ISAAC RABIN

Nacido en Israel en el seno de una familia sionista, Isaac Rabin se alistó en el ejército clandestino judío después de la escuela, luchando por la independencia del país, entonces bajo mandato británico. Ascendió en el escalafón hasta convertirse en 1964 en Jefe de Estado Mayor de Tsahal (nombre dado al ejército israelí en el momento de la independencia en 1948), antes de ser embajador en Washington durante cinco años.

En 1974 entró en política como Ministro de Trabajo antes de convertirse, ese mismo año, en Primer Ministro, sucediendo a Golda Meir (1898-1978). Se convirtió en

Ministro de Defensa y se mostró inflexible ante el levantamiento palestino de 1987.

Más tarde, durante un segundo mandato como Primer Ministro, invirtió su postura y comenzó a trabajar por la paz entre israelíes y palestinos, hasta el punto de recibir el Premio Nobel de la Paz en 1994. Por desgracia, al año siguiente durante una manifestación de apoyo al gobierno, fue asesinado por un fanático ultranacionalista.

Como muchos israelíes, Tal convive con los atentados que se producen periódicamente en el país. Sin embargo, no se acostumbra a tanta violencia y conflicto.

Su deseo de vivir algún día en una tierra pacífica en la que israelíes y palestinos puedan convivir es la fuerza motriz que le hizo tomar la decisión de arrojar una botella al mar de Gaza.

La explosión del autobús de la que fue testigo le afecta hasta el punto de no poder asistir a clase, pero sigue manteniendo una fe inquebrantable en que su sueño de reconciliación se hará realidad.

No obstante, no emprende ninguna gran acción en este sentido, siendo su correspondencia con un palestino su única forma de resistencia a la barbarie. Pero al hacerlo, ya está asumiendo un riesgo importante y demostrando un valor excepcional para su edad.

En un principio, Tal esperaba que la botella la encontrara una chica palestina, para poder compartir sus preocupaciones con ella.

Pero para su sorpresa, la termina encontrando un hombre que le demuestra con su testimonio que la juventud palestina está aún más desamparada de lo que ella pensaba.

Tal comprende que hay sufrimiento en ambos bandos y que los palestinos, presentados como enemigos, también sufren las graves consecuencias de la guerra. Como adolescente, se siente impotente ante el conflicto, pero encuentra la manera de cruzar la frontera con la Franja de Gaza y entablar un diálogo.

NAÏM AL-FARJOUK

Naïm tiene 20 años en el momento de la historia y probablemente nació en 1983 o 1984, según los años en los que mantiene correspondencia con Tal. Es bastante alto y tiene el pelo corto y rizado. Tiene un temperamento burlón y es mucho menos ingenuo y juguetón que su amiga por correspondencia.

Es hijo único, cosa que no suele ser muy habitual en Gaza, por lo que es un joven muy mimado por sus padres.

A diferencia de la mayoría de los palestinos, Naim sabe hebreo porque su padre insistió en que lo aprendiera cuando comenzó el proceso de paz israelo-palestino. Es muy bueno académicamente y trabaja duro para labrarse una vida mejor, lo que le lleva a conseguir una beca para estudiar en Canadá.

No tiene una vida social muy activa, suele pasar el tiempo con sus dos amigos europeos, Paolo y Willy, a quienes les pide prestado el ordenador para poder hablar con Tal, sin poner en riesgo su seguridad.

Cuando tenía más o menos la misma edad que Tal, tuvo la oportunidad de trabajar en Israel. Tuvo que quedarse allí después de que se bloquearan los puestos de control hacia Gaza y acudía regularmente a casa de su jefe para comer y/o dormir. Allí conoció a otra Tal, la hija de su patrón, y se enamoró de ella.

Por desgracia, tuvo que regresar a Gaza poco después porque ya no había trabajo para él y por la inestable situación no podía permanecer en Israel. Esta ruptura brutal le marcó profundamente: ya no quiere estar en un lugar donde sus relaciones estén condicionadas por el más mínimo acto de violencia.

Naïm es muy desconfiado y reacio a revelarse. Incluso con sus amigos, tarda mucho en confiar en ellos. Las palabras de sus amigos, Paolo y Willy sobre la posibilidad de que un individuo exista dentro de sí mismo que sea capaz de curar sus desgarros, son las ideas que le trastornan y le empujan a abrirse por fin.

De hecho, los dos psicólogos están en Palestina con el objetivo de apoyar a todas las víctimas del conflicto, ya que no pueden hacer nada por detenerlo. Escucharlos, considerarlos como individuos y no como parte anónima de un colectivo, es para ellos la base de su trabajo. Naïm, que ha sufrido mucho, se derrumba al oír estas palabras.

En su correspondencia con Tal, utiliza inicialmente el apodo de Gazaman, sólo da su nombre de pila en un periodo de gran sufrimiento para él, tras acciones que afectan a conocidos, y sólo habla realmente de sí mismo en su mensaje final, cuando está seguro de que la chica ya no tendrá ocasión de responder.

Cuando comienza la historia, ya han pasado por muchas cosas. Sin embargo, su reticencia inicial a continuar su intercambio tiene poco que ver con el conflicto; se debe principalmente al recuerdo de la otra Tal, que aún le atormenta.

Poco a poco comprende que el hecho de que su amiga por correspondencia sea joven no significa necesariamente que sea descerebrada y empieza a albergar esperanzas de que aún sea posible, tanto tiempo después de su confinamiento en Gaza, entablar una relación real con personas de Israel.

Con esto en mente, y aliviado por saber que alguien le espera al final del camino, puede marcharse con confianza a continuar sus estudios en el extranjero.

EYTAN LEVINE

Eytan es un enfermero militar de 20 años y hermano mayor de Tal. Como todos los jóvenes israelíes de su edad, está obligado a cumplir el servicio militar, ya que la ley exige que todo joven, salvo en situaciones familiares excepcionales (si tiene hijos, por ejemplo), complete hasta tres años en el ejército.

Sirve en la Franja de Gaza, pero no habla mucho de su vida allí. Tal supone que le oculta los horrores de los que es testigo para no traumatizarla: "Imagino que ha aprendido a no ver, o a olvidar, para no parecerse demasiado a un viejo". (p. 9)

Tranquilo y sereno por naturaleza, es un joven muy maduro, plenamente consciente de la gravedad del conflicto israelo-palestino. Parece bastante abierto, aunque lo sea menos que su hermana.

A diferencia de ella, no es demasiado optimista sobre la posibilidad de una amistad entre ambas partes. Aunque acepta a regañadientes entregar el mensaje de Tal en Gaza, toma precauciones: primero comprueba el contenido de las cartas, sólo actúa cuando está seguro de que no le pueden ver (su comportamiento podría considerarse sospechoso), y luego regresa varias veces, siempre comprobando su espalda, con la esperanza de descubrir a la persona que recoge la botella.

Sin embargo, estos detalles sólo se revelan al final de la novela, cuando Eytan desvela su secreto: él es el único que sabe cómo es Naïm, ya que le vio coger la carta. Es en esta misma ocasión cuando pierde los nervios con su hermana: "Quiero decir, ¿vives en Marte o qué? ¿De verdad creías que iba a tirar una botella al mar, en Gaza, sin saber nada de su contenido? Soy un soldado, Tal. No una dulce e irresponsable soñador" (p. 143).

OURI Y EFRAT

Ouri es el novio de Tal y Efrat su mejor amiga. Van al mismo instituto que ella. Sólo se enfrentan indirectamente al conflicto, por lo que les resulta difícil consolar a Tal cuando presencia el ataque al autobús. Sin embargo, son muy considerados con ella, e incluso se puede decir que su estado de ánimo de ánimo también se ve afectado por lo que sufre Tal después del atentado.

Aunque Efrat sólo se menciona esporádicamente en el resto de la trama, Tal cuestiona con frecuencia sus sentimientos hacia Ouri. Le dice a su padre que sigue queriendo al chico, o eso cree, pero admite que elegiría a Naim si hubiera que elegir.

LOS PADRES DE TAL

Los padres de Tal y Eytan son los únicos personajes israelíes que vivieron el inicio del proceso de paz y comprendieron su complejidad. Cansados de los conflictos entre Israel y Palestina, tenían puestas grandes esperanzas en los Acuerdos de Oslo de 1993, que supuestamente iban a unir a los dos países.

Tal lo deja claro cuando relata la jornada del 13 de septiembre de 1993 en casa de los Levine: no fueron a trabajar, compraron comida y bebida inusuales, y lloraron de alegría mientras veían en la televisión a los líderes israelí, palestino y estadounidense juntos.

Desde entonces se han desilusionado y llevan, como cualquier israelí, una vida cotidiana sin saber adónde les llevará el conflicto al día siguiente.

Sin embargo, no han abandonado sus ideas pacifistas y mantienen la fe en el diálogo que creen aún posible entre ambas comunidades. Por eso, sin mostrar el mismo entusiasmo desbordante que su hija (sin duda están moralmente cansados de este conflicto), le animan a continuar sus conversaciones con Naïm.

CLAVES DE LECTURA

EL CONFLICTO PALESTINO-ISRAELÍ

Este conflicto geopolítico tiene su origen en la Declaración Balfour (llamada así por su firmante, el Secretario de Estado británico Arthur Balfour, 1848-1930) de 1917. En este documento, el Reino Unido se declaraba a favor de un hogar nacional judío en Palestina, mientras que los árabes esperaban la creación de un Estado árabe independiente, prometido en el Acuerdo Hussein-McMahon dos años antes.

Tras la Segunda Guerra Mundial (1939-1945), los británicos, incapaces de encontrar una solución satisfactoria para conciliar ambos puntos de vista y poner fin a la violencia, cedieron su mandato sobre este territorio a la ONU, que votó en noviembre de 1947 un plan de partición de Palestina que la dividía en tres partes: un Estado judío, un Estado árabe y una zona internacional (Jerusalén). Esta resolución, rechazada por los palestinos, desencadenó una auténtica guerra civil.

Cuando en mayo del año siguiente Israel declaró su independencia, la guerra se hizo oficial e inauguró el periodo bélico que aún hoy vive esta región.

El desacuerdo se basa principalmente en la falta de reconocimiento mutuo de los dos pueblos y en el no reconocimiento de la existencia de un Estado palestino por parte de algunos miembros de la ONU. Además de este enfrentamiento por el territorio, las dos entidades se oponen también desde el punto de vista religioso: Palestina es predominantemente musulmana, mientras que Israel es sionista (con fuerte sentimiento nacionalista judío).

Antes del levantamiento palestino del año 2000, mencionados por Tal y Naïm, se barajaron varias soluciones para poner fin al conflicto.

 Los Acuerdos de Camp David, firmados en 1978 por el Presidente egipcio Anwar Sadat (1918-1981) y el Primer Ministro israelí Menachem Begin (1913-1992), sentaron, entre otras cosas, las bases para negociar el destino de la Franja de Gaza.

Los Acuerdos de Oslo, firmados en 1993 en presencia de Yitzhak Rabin, Yasser Arafat (estadista palestino, 1929-2004) y Bill Clinton (Presidente de Estados Unidos, nacido en 1946), planeaban una autonomía gradual para Palestina, estableciendo una autoridad nacional y una clara división de territorios. Su aplicación se vio frenada por el asesinato de Rabin en 1995 y finalmente fue abandonada tras el inicio de la segunda Intifada.

En la actualidad, este conflicto no se ha resuelto y se ha tensado aún más por el hecho de que, desde la guerra de Gaza de 2014 y la consiguiente ola de violencia a partir de 2015, las relaciones entre Israel y Palestina han empeorado aún más.

EL TIPO DE CORRESPONDENCIA

La novela tiene varios tipos de narración: alterna constantemente entre capítulos con narración clásica, presentada unas veces por Tal y otras por Naïm, y capítulos con correos electrónicos entre los dos protagonistas.

En los capítulos en los que hablan por sí mismos, dan rienda suelta a sus preocupaciones y sentimientos. Se plantean preguntas que no pueden compartir con los demás y hacen observaciones que constituyen la base de su insólita relación.

> *"Le dije que las preguntas no surgirían si yo no fuera israelí y él no fuera palestino. Pero así son las cosas: nacimos donde la tierra arde, donde los jóvenes se sienten viejos muy pronto, donde es casi un milagro que alguien muera de muerte natural". (p. 69)*

En cambio, en sus correos electrónicos, al ser susceptibles de ser leídos por terceros, Tal y Naïm revelan poco, prefiriendo a menudo hablar de temas más ligeros. Estos correos electrónicos se presentan con sus destinatarios, destinatarios y objetos, y el tono es a menudo más libre que en los capítulos clásicos, aunque estén narrados por los mismos personajes.

> *"Características especiales: dice ser educado pero escribe "Hola, Máquina". Tiene sentido del humor, yo diría que humor judío. También el gusto por el secreto". (p. 51)*

Mucho más tarde, y sólo en una ocasión, Tal y Naim hablan por mensajería instantánea. Durante esta conversación, Naïm hace la amarga observación de que israelíes y palestinos nunca se han puesto de acuerdo sobre las palabras que utilizan, y que sólo este hecho constituye un obstáculo para su entendimiento. Esta reflexión surge del hecho de que ahora son conscientes de que no utilizan los mismos términos para designar las mismas cosas:

La elección de la correspondencia como modo de narración obedece a una lógica racional: dado que la historia debe mantenerse dentro de un marco realista, al autor le resultaba imposible enviar a Tal a Palestina (aún no tiene edad para hacer el servicio militar como Eytan). La única manera que tiene de entablar un diálogo con la otra parte es enviando un mensaje, en este caso en forma de cartas y luego de correos electrónicos. Esta elección estilística tiene sobre todo una razón práctica.

Sin embargo, también se puede reconocer, en las declaraciones políticas de los protagonistas, una denuncia de una situación actual, como han hecho otras novelas epistolares. Esta tradición no es ni mucho menos nueva: en 1721, en *Las cartas persas*, Montesquieu (escritor y pensador francés, 1689-1755) ya criticaba a la sociedad francesa de su tiempo, pero de forma más indirecta para eludir la censura. Aquí, el objetivo es hacer que los adolescentes a punto de convertirse en ciudadanos del mundo admitan lo absurdo del conflicto, dando la voz directamente a dos de ellos.

LAS ESPERANZAS DE LA JUVENTUD DE ORIENTE PRÓXIMO

Los dos protagonistas son representantes de una juventud que albergó esperanzas en una reconciliación entre Israel y Palestina cuando se firmaron los primeros acuerdos de paz (los acuerdos de Oslo), y no entienden cómo la situación puede degenerar así, cuando ambos pueblos dicen querer que el conflicto cese: "Un día ustedes, nosotros, nos daremos cuenta de que no hay ganador posible en la violencia, que es una guerra de perdedores. Un desastre". (p. 166)

Aunque siguen esperando un desenlace feliz, tras el fracaso de los Acuerdos de Oslo, se han vuelto fatalistas: nada parece mejorar en casa y ya no saben qué pueden hacer para intentar mejorar la situación.

Mientras continúa la violencia, la población parece haber asumido -o más bien haberse resignado- que el conflicto continúa. Tal explica que tras el atentado del café y luego el del autobús, la vida parece continuar porque dada la frecuencia de los atentados, es evidente para todos que sólo se puede vivir esperando no estar entre las futuras víctimas.

Por parte de Naim, la cosa es más complicada. La población vive con relativa normalidad, salvo por la presencia militar, pero a la vez está aislada del mundo y estigmatizada hasta el extremo por sus vecinos judíos. Viven al día, a la espera de ser reconocidos como Estado, desconfiando unos de otros (Naim se cuida de no mostrar la menor simpatía hacia los israelíes en público) y ansiosos por recuperar su libertad.

Desde el otoño de 2015, a raíz de la Intifada de los Cuchillos, muchos medios de comunicación han hecho balance de las motivaciones que impulsan a los jóvenes palestinos a rebelarse tanto contra Israel como contra toda autoridad.

Como han señalado, son "en su mayoría nacidos después de los acuerdos de Oslo, han crecido con el fracaso ya probado del "proceso de paz", en la frustración permanente, el miedo y la humillación, sin perspectivas de futuro" (WARSCHAWSKI M., "La jeunesse palestinienne à couteaux tirés avec Israël", en *Association France Palestine Solidarité*, octubre de 2015).

Estos jóvenes solo conocen su tierra, y lo que han aprendido de la Primavera Árabe (una serie de levantamientos que tuvieron lugar en los países árabes a partir de 2011) ha acentuado su sentimiento de injusticia respecto a su propia situación. Ya no dudan en tomar las armas porque han visto fracasar un intento tras otro de resolución diplomática del conflicto.

Tal y Naim tampoco ven una solución, pero a diferencia de la mayoría de los judíos y palestinos del pasado y del presente, se niegan a considerar que la violencia tenga algún efecto positivo; prefieren el diálogo a las armas porque ambos han sido testigos de las demoledoras consecuencias de la guerra.

VÍAS DE REFLEXIÓN

ALGUNAS PREGUNTAS PARA AYUDARTE A REFLEXIONAR MÁS EN PROFUNDIDAD...

- "Son días de oscuridad, tristeza y horror. El miedo ha vuelto". (p. 7) ¿De qué manera resumen estas frases iniciales el estado de ánimo de la heroína en ese momento? ¿Cómo cambiará? Responde con pruebas extraídas de la novela.

- La trama se desarrolla entre septiembre de 2003 y mediados de 2004, cuando la segunda Intifada lleva tres años haciendo estragos. ¿Qué impacto tiene este contexto de guerra en las poblaciones israelí y palestina? Responda citando elementos de la correspondencia entre Tal y Naim.

- El contexto histórico-político desempeña un papel importante en la novela. ¿En qué sentido es esencial para comprender la psicología de los personajes?

- ¿Por qué Tal y Naim tienen que ocultar su correspondencia y por qué les parece absurdo hacerlo?

- ¿Es sorprendente la reacción de la familia de Tal al conocer su intercambio de correos electrónicos con un palestino? Justifique su respuesta.

- La situación militar de Eytan recuerda el servicio que todos los jóvenes israelíes, hombres y mujeres, deben realizar en el ejército. A pesar de este estatus, ¿tiene

Eytan la misma mentalidad que su hermana o ve el conflicto de otra manera?

- El final de la novela es abierto, mientras que el director de la película ha optado por imaginar el futuro encuentro de los dos jóvenes. En su opinión, ¿cuál es el interés de estas dos orientaciones?

- ¿Cómo adaptaría a la pantalla los intercambios epistolares entre los dos protagonistas? ¿Por qué lo haces?

- ¿Qué opina de esta cita de Naim sobre la desesperación de la juventud palestina?

  "Debo de ser el único palestino de Gaza por el que alguien del otro lado se preocupa. La Unesco debería designarme monumento histórico o patrimonio de la humanidad. Debería ser filmado y mostrado al mundo, como un objeto raro y precioso". (p. 85)

- ¿Reflejan los personajes de Tal y Naim la juventud actual de Israel y Palestina? ¿Qué les hace diferentes?

PARA IR MÁS LEJOS

EDICIÓN DE REFERENCIA

ZENATTI V., *Une bouteille dans la mer de Gaza*, París, L'École des loisirs, coll. "Médium", 2005, 167 p.

ESTUDIO DE REFERENCIA

WARSCHAWSKI M., «La jeunesse palestinienne à couteaux tirés avec Israël», en *Association France Palestine Solidarité*, octubre de 2015, consultado el 27 de septiembre de 2016. http://www.france-palestine.org/La-jeunesse-palesti nienne-a-couteaux-tires-avec-Israel

ADAPTACIÓN CINEMATOGRÁFICA

Une bouteille à la mer, película dirigida por Thierry Binisti, con Agathe Bonitzer (Tal) y Mahmoud Shalaby (Naïm), Francia, Quebec, Israel, 2012.

El argumento de la película es bastante similar al de la novela de Valérie Zenatti, con una voz en off que lee los correos electrónicos. Sin embargo, los acontecimientos se desarrollan a lo largo de un año (en lugar de la mitad del tiempo del libro), se borran algunos personajes secundarios, Naïm estudia en el Centro Cultural Francés de Gaza en lugar de ir a Canadá y la trama va un poco más allá del final de la novela al imaginar el encuentro entre Tal y Naïm. Esta película recibió varios premios entre 2011 y 2012.

ISBN ebook: 9782808687065
ISBN papel: 9782808698467
Depósito legal: D/2023/12603/1126

Cubierta: © Primento
Libro realizado por Primento, el socio digital de los editores